名流詩叢 17

記憶 所有
不朽 所有

生命的禮讚

Hymn to the Life

〔羅馬尼亞〕波佩斯古（Elena Liliana Popescu）◎著

李魁賢◎譯

獻給外子尼古拉

Dedicated to my husband Nicolae

# 關於波佩斯古
## *About Elena Liliana Popescu*

　　波佩斯古（Elena Liliana Popescu, 1948- ），羅馬尼亞詩人，數學博士，執教於母校布加勒斯特大學。1994年以詩集《給你》（Tie）登上詩壇。接著出版《思想間的版圖》（Târâmul dintre Gânduri, 1997），《愛之頌》（Cânt de Iubire, 1999），《歌頌存在》（Imu Existentei , 2000）和《朝聖》（Pelerin, 2003）。《如果》（Dacâ, 2007）一書只有一首詩，卻收 26 種語言譯本，其中漢語是李魁賢所譯。《愛之頌》有李魁賢漢譯本，由秀威資訊科技股份有限公司於2010年出版。她本身也是翻譯家，把李魁賢的《溫

柔的美感》（Frumusetea Tandretei）和《黃昏時刻》

（Ora amurgului）詩集譯成羅馬尼亞文出版。

# 《生命的禮讚》譯序
## *Translator's Note*

　　拙譯《愛之頌》出版後，在作者波佩斯古的網站上發表書影和消息，引起羅馬尼亞詩壇的注目，畢竟這是繼羅馬尼亞詩人保羅・策蘭（Paul Celan, 1920-1970）之後，僅見以詩集形式被介紹到台灣來的在世羅馬尼亞詩人作品，開啟了台灣與羅馬尼亞詩壇深度交流的先聲。波佩斯古受此鼓舞，繼拙著《溫柔的美感》，又把剛出版的英詩集《黃昏時刻》譯成羅馬尼亞文，我也以漢譯其《生命的禮讚》回應，進一步加深彼此為國際間詩交流活動的努力。

　　《生命的禮讚》其實是波佩斯古前此出版的數種羅馬尼亞文詩集內，受到翻譯者垂青譯成英文的詩集成。以熟諳抽象數理邏輯的數學教授，孜孜不倦於抒情詩的創作，其形象思惟的特質值得關注，再加上羅

馬尼亞歷史、地理、宗教、政治等特殊背景與發展，在在令人想進一步探索波佩斯古詩中蘊含的隱喻結構。我發現她詩裡透示佛教思惟，獲得她本人證實，以基督教正教為主的羅馬尼亞社會，經過共產主義無神論的洗禮後，對佛教發生興趣，好像有點變化莫測的感覺，有待繼續探究。

波佩斯古詩中有某些獨特的抽象思惟，也有冷靜的感性表露，基於她的專業訓練和人文素養，還有因語言輾轉翻譯的精差，常費思量去體會其中深意，好在電腦世代帶來許多連絡上的方便，及時解決一些困難。不巧她的丈夫尼古拉‧波佩斯古，竟於2010年7月病逝，使她哀痛逾恆，我的翻譯工作連帶停頓一段時間。

尼古拉‧波佩斯古（Nicolae Popescu, 1937-2010）是一位謙謙君子，國際間著名的數學家，1992年獲選為羅馬尼亞學術院院士，在許多國家的大學講學，是她學問上兼生活上的伙伴，我2006年出席尼加拉瓜的

格瑞納達國際詩歌節時結識，看到兩人鶼鰈情深，尼古拉對詩人妻子呵護備至。

　　台灣對羅馬尼亞文學，甚至整個東歐文學，接觸和瞭解可說非常有限，保羅‧策蘭在世時我開始閱讀和翻譯他的詩，但來不及連繫，他就自溺於巴黎塞納河，迄今已逾四十年，近年保羅‧策蘭才受到台灣讀者喜愛。對羅馬尼亞的詩有興趣的讀者，不妨也注意正活躍於羅馬尼亞、甚至跨越國界熱心於詩交流的波佩斯古，相信她還會有更引人矚目的發展。

2011.01.16

# 生命的禮讚
## *Hymn to Life*

**1**

我們從記憶的海
永遠渴望著海
我們從水平面的遠方
渴望著遠方

我們從憶念的天空
永遠渴望著天空
我們從自然界的無常
渴望著無常

我們在已誕生中
渴望著未誕生

或者在已知當中

渴望著未知

## 2

你心中存在詩人

你心中　有詩篇

你心中存在先知

你心中　有預言


你心中存在聲音

你心中只是沉默

你心中存在思想

你心中從未想過

你心中在探索

你心中莫測高深

你心中有疑問

你心中存在答案


**3**

無不改變之事

無不持久之事

無不被發現之事

無不學無術之事


**4**

記憶藏在

所有未知的人當中

不朽藏在

所有失去的人當中


在被遺忘的事物裡

找尋真理

唯有祂對所創造的

一切全知

# 沉默的禮讚
## *Hymn to Silence*

祂是依然把感情

放進詩裡的人

是這場皇家饗宴的客人

引發謙虛的幻思


把所有一切奉獻給

生命本身的祂

永遠回到起源

隨時從願意施教的


任何人的箴言學習

就敢在沉默中注視——

且在隨機行為裡找到

祂獨處　完全明瞭他們苦楚

讓他們有愛活得自在──

祂嘗試在詩裡補捉

祕部隱藏的活力本質

從生命的畫布摘取


畫家透過不朽臉上陰影

想要呈現表達的意義

祂敢於用蜉蝣般的詩歌

對人類說話


把祂的鵝毛筆浸在無言的

絕望裡　重燃希望

用福音傳佈祂全部的愛

祂所學習到的一切

祂曾經有很多話要說

用精心創作的韻律——

祂還能否再寫出一首詩？

不是無盡沉默的那一首

# 慈光
## *Gracious Light*

在內室點蠟燭

等候慈光

心靈裹著樸素衣服

與溫柔話語相當


讓純潔光線深透

照亮各個角落

千萬小心

漏掉要知道的事

未知心靈

# 在沉默時刻
## *In a silent moment*

我看到你

在沉默時刻

躲在你傲慢的

面具後面

且

透視你的心靈

原來我們是一體

# 朝向您
## *Towards you*

*紀念父親 George Ioana，飛行員詩人*

在您飛行中

帶您到

不朽

和永恆的回憶

天使群飛來

您的身邊作伴

安慰您

尋求夢想

把親人的眼淚

變成琥珀

遠遠留在身後

照亮您

飛行的途徑

超越雲層

——朝向您自身

使您翱翔

朝向最後征途

# 為了再見到祂
## *To find Him again*

基督起身

在清醒者的

心中

為了再見到

祂一次

也許

永遠

# 只有靜寂
## *Only the silences*

從靜寂

留給詩人

眾聲俱寂

從諸多話語

誕生出

福音

# 全部
## *All*

從前

有一天

當我們想念

就相見

彼此傾訴

全部要說的

話


就在

我們心靈

彼此契合的

一剎那

全部

都說完了

# 只有一首歌
## *Only one song*

只有一片花瓣

包裹宇宙

只有一位處子

給詩歌長出翅膀


只有一次探索

招呼朝聖者

只有一椿事件

遭遇到命運


只有一回注視

尋求無限

只有一場回憶

堅持不屈服

只有一度復活

保存人性

只有一筆財富

對自然沒有負擔


只有一項本質

生命活在大眾裡

只有一遍缺席

使我們完整無缺


只有一條途徑

引導你走向自己

只有一個問題

含有活生生的答案

只有一種思想

把門開向自由

只有一首歌

讓所有體驗飛翔

# 告訴我
## *Tell me*

給外子 *Nicolae*


你不相信

只有放棄全部武器

你才會勝利

只有挑戰自己形象

你才會解放


你無法看清自己

在鏡中顯示

軟弱還是蠻橫

勇敢還是膽小

隨心所欲

告訴過你
可是你不相信

在沒有鏡子的國度
你的形象又如何？
你再一次自問
只有讓答案
本身出現
就會發現

當探索是
唯一可能的現實
你有什麼損失？

旅人不知道
這是唯一的道路
一直走就到了
卻還在問路


如果他已到達
還要往哪裡走——
甚至他還不知道
已經搶先


什麼樣的競爭會比
你是唯一頑固的競爭者
還要可怕？

可是當敵人只帶著

你的形象

做為護身符

你怎能繼續戰鬥？


告訴你放棄所有希望

才能真正有希望


但告訴我　若一切都有了

或者在到達時

已經知道回程怎麼走

希望還有什麼意義？

# 福音
## *Words*

福音進入永恆

福音先比韻律

福音慢慢散開逝去

福音沖上天空翱翔

福音潛入你心裡駐留

福音藏有祕密的世界

福音是春天溫柔的呢喃

福音悄悄帶來興奮消息

福音藏有祕密的世界

福音潛入你心裡駐留

福音沖上天空翱翔

福音慢慢散開逝去

福音先比韻律

福音進入永恆

# 意外的弦音
## *Unexpected chords*

你觸到痛苦的鍵

發出你所不知道的

奇異和聲——

意外的弦音

在感情的交響樂裡

受苦出聲的福音

以最不尋常的形式出現

你繼續學習

仍然愚昧無知

你必須要有更多考驗

你是小提琴　弓

和隨旋律抖動的手

你是作曲家

靜靜養在心靈中

然後發出

苦難的產聲

你是激動的聽者

傷心的歌

觸及你的心弦

你是陌生人

接待自己像老朋友

你是心靈的聲音

重新發現

你還不知道的事物

# 你正接近
## *You are getting closer*

你去吧　今天

對你另外記功

表示肯定


你不知道

你不想要知道

你對自己一無所知


何處是美色情慾的

萬般燦爛？

何處是空無的

醉人芳香？

你正接近　朋友

去學習關於

你自己的無知

你記得

不久之前

失眠夜

即將黎明

你愈形恐慌

想到你的無知

怎麼辦？

你正接近

愈來愈接近

真正早晨的黎明

就在漫漫無盡的

失眠夜後

令人心慌的風景


有時缺乏知識

似乎很美妙

會陷入捕獸網內

由於無知的世紀

缺乏知識

會很誘人

直到你能看清

無數的缺點

且明白

那只是幻影


加冕的王后工於心計

權力在握

正如你想

那是該有的

你有沒有自問

誰會知道

你的一切祕密

你的一切短處

你的一切胡思亂想

把你折騰

成為卑屈的僕役？


如果你不知道

當傷感的問題是

有意學習者的

失眠風景

（確定會失眠）

對不斷尋找

回家路途的人

時間總會到


你正接近樸素　孩子

有時候這種接近

是那麼痛苦

透露你的一切疑慮

你的一切焦躁

心亂會要你自己的命


別怕　別怕你

是你的你　而是

你想像的你

每天防衛數百次的

那個你

譴責數千次頃刻

又寬恕了數千次的

那個你


多麻煩呀　你想找出

什麼可以帶你到

你不知道自己現在的地方！


你盡力而為　總會到達

但你會被危險嚇住

包括數十億細細麻麻的危險

監督你踏出的每一步


知道永遠陪伴你

而且容許成為你的伴侶

還有比這

更美妙的事嗎?


你因事實上可能

失去無知的權利

而驚駭

幾乎神志錯亂被引誘到

莫可名狀的空無

在你最佳的時刻

可稱為混沌


各種各樣的動亂

像磁鐵吸住你

然而

在你最深處的自我

只有沉默


寂靜籠罩你

在無聲的交響樂中

有時候

不計其數

始終

你正接近河流
「知道或不知道」

你準備過河嗎？
好可怕！
在你張大眼睛
之前
還沒看到吧

你正接近
最大的問題　孩子！
你準備找出答案嗎？

弔詭的是

凡妨礙你看見

正是有助於你發現


你準備更往前走？

或是退一步　誰知道？


你會去參加

摧毀歌頌你功勳的

雕像嗎？

它們自己

總是會倒下的

雖然你可以另外建造

隨你自己的意思
同樣毫無意義

你正接近樸素
而你路上的障礙
毫不猶豫採取
最不祥的形式！

有時候──
雖然有可能
出現對你魅惑──
總是嘗試所有手段
阻止你

你正接近
大樸素　孩子！

道路使你害怕
你會愈走愈孤單

你的想法會使你止步
看來很堅強
卻是幻覺
你自問：「怎麼會？」

當你正大為接近
危險擴大了

透過無窮的迷惑

現實的情調

如果你

不夠堅定

就會舉步不前

你正接近本然

準備好了嗎？

# 我到今天才告訴你
## *I did not tell you until today*

我到今天才告訴你

時間過了　不用告訴我

日常發生的小故事

百川歸納海洋

乾涸的河床悄悄呼喚

波浪失蹤的歡樂

深層的悲哀無話可說

而回憶永遠

不再活靈活現

生命也是

不像那麼回事

或者到明天失落在往日某地

我看到處處佈滿灰塵

寬恕與憎恨同等

企求更美好

飽滿可能最精細的

壓載

小心藏在某處的負荷

掌握生存的記憶

成為愈來愈不為人知

遺忘並不存在

除非我們每天夢想

我們多次隱身之處

有時可以回到

我們永恆的夢鄉

我們每次在此休憩

就不需要回來

我到今天才告訴你

河在準備河床

回家

歷盡無數的探險

它暫時庇護的生物

無助地奔跑

不知道牠們的生命

從今起會意指

嚇死牠們的東西

在牠們有限的理解中

深海泥漿

已空前準備好

接受新式的苦難

做為渴望知識的手段

任何事在此都比以往

更難忍受　每次

似乎都有所不同

眼不能見的人

尤勝於所見

無邊無際籠罩著

最後的思念

一生一次

可能成為首度

不然這方位會空曠到

容得下清晰形式的

全盤無窮極限

其未知的品質

交纏在認同裡

於其永續的本質中

道路是過了目標的一條路

有運動和創作

思想和希望　背叛和感恩

整個生命存在

始終為著旅行準備

想到達終點

不再離去

免遭遇最大的失望

為人所知

我沒有告訴你季節

時時刻刻在變貌

根據全能的科學家

尚未發現的法則

要保持與不變的心理狀態

所產生的變化同樣步調

否則真理會

如同謊言一般

危險

要是有人堅持證明

或是否定其存在

絕對不意味

稍後　有時候　或此刻

在受到變化驅策的世界裡

仍然無動於中

在其穿不透的深處

時間不過是

無人知道的最最

恐怖的臉

為人所戮力崇拜

要超越隱形幻覺的邊界

# 太陽神
## *Rha*

當神冥想祂的不朽

在面前俯首的一剎那

內心掌握到

放空一切的心情


祂看到事事俱在

所有過往和未來

都像一則奇妙的故事

祂重現的幻想劇


當似乎有一個世界出現

祂看不見卻想知道

啊　使祂無法尋求救贖

掙脫奴隸苦役

# 我想告訴你
## *I would like to tell you*

我想告訴你

不知道為何拖到現在

總是要告訴你

在我離開的時候

但我一直猶豫不定

福音不足以

把握意含深遠的沉默

成為

純粹福音

得以治癒創傷

# 晨夢
## *The mourning dream*

無窮盡是福音嗎

祕藏無法實現的夢

傳給我們的子孫

成為憂心的生命負擔？


沉默是福音嗎

魔術般化消晨夢

留給你未知的寶藏

和純淨心靈的神祕？

# 意味著什麼
## *What can that mean*

只用我們的眼淚不斷

灌注卻愈來愈乾涸的沙漠

意味著什麼？


當所有希望已消滅

你頑固地想探觸的深層

意味著什麼？


在夜裡你內心以為

沒完沒了的悲傷

意味著什麼？

你與無名　無形　無我

突然同在的沉默

意味著什麼？

# 為了回家
## *In order to come back*

雨滴

從烏有之處

出現的雲

不斷滴下來

急於獻身

以便回

家

# 萬事皆空
## *When everything is lost*

時鐘沒有停止
但盤面上的
時針不再顯示
在靜靜沉思

遠景沒有模糊
但物象再也看不見
襯托無可名狀的
空間純粹遼夐

生命沒有結束
但死亡隱約在地平線
等候有人在遺忘國度
某處某時起義

萬事歸應然之處

若失落於無時間的空間

無空間的時間內時

再無意義可言

# 瞬間
## *That instant*

有一些話　你自言自語

只是一些話　卻創造

整個歷史　當時

如今已成昨日　正如明天

將是後續另一段的

往事

一去不回


有一些話　你自言自語

只是一些話　你正走

你的路　接近意外的台階

不知走向何方　無懼於

思考到底你是誰

那一瞬間你會怎麼樣

會不會把握自己

# 恰如一項神蹟
## *As if by a miracle*

給兒子

生命　違背人性規律

福音中隱藏的瑕疵

無法體驗未知季節

的夢幻劇


兒子　我還沒告訴你

時間是可怕的巫師

他的神祕國度　心　生命

只為了忘本的傢伙


在四周巧妙遍佈誘人的

陷阱裡焦躁不安

以憂慮的眼神望著

位在花園內迷人的風景


他看到變化無常的主人

故意在他眼前攜帶的東西

聽到耳朵在美妙歌聲

招引下可以聽見的聲音


知道如何操弄秒　小時

年　世紀的人　巧弄

權力　只受到不可能保持

單一神祕的瞬間所籠罩

當你可以完全自由生活

當權力驀然離開

偉大巫師去到夢想世界

你就會醒來恰如一項神蹟

# 某地某時
## *Somewhere, sometime*

給父親

直到此刻

我才寫此信給您

要請您原諒

因為到今天才想起

我可以寫信給您

在您往生後

走得遠遠

可說是

一去不回


您知道自從那時刻起

自從您意外飛行

我再也無法把

充滿希望的一點點

線索兜攏

即使我繼續做

我認為善事

就像有人以為

他們知道所謂善事

是他們消費的傲慢


即使直到此刻　我沒有

告訴您　您應該知道

我仰慕您仍然不變

過去沒有一天

我不在等待聽到您的聲音

在黎明的晨光朗誦

宇宙間最優美的詩篇

像我們在很久以前

某一季節

正常日子那樣

想像在被人遺忘的行星上

有生命存在　未為人知

就像您

在某地某時

永垂不朽

# 如此接近
## *So close*

生命不斷教導你而你卻躲避回答

最簡單的問題　始終為了粗心

付出痛苦的代價　幾乎無法承受

你搜尋犯人　老是找錯地方

延長崇拜自私自利的苦悶


你拒不相信已擁有一切　而你

也不會喜歡　逐一觀賞奇禽異獸

一天又一天　想了一次又一次

一生又一生　一個宇宙又一個宇宙

一個神祕又一個神祕　沒完沒了


你再度讓可以凝視自己的瞬間

消逝無蹤　那是唯一的鏡子

能夠正確顯示你的真面貌

寧願看到變形　藉以愚弄自己

再度摸索走過迷宮


色彩魅惑你　陰影也不遑多讓

探索變得愈來愈困難

受到莫名奇妙幽影妖魅的折磨

困惑於善與惡精密的混同

包藏在激動　激情　新奇中


你找我　卻不知道　在每次

異樣思考中　有永遠見不到的絕望

由此湧出寬恕　光明　愛情

帶著心靈和生命未癒合的傷口

通過被空間和時間扭曲的天河


啊　世間多傷心事　你已多次自述

扼要說明宛然你的困苦生活

沒有斷絕任何強制你陷入

難堪事件擾亂的想法

你只是想要永遠那樣活下去


你已在絕望的迂迴曲徑

徬徨奔走　養護病人形象

你的夢魘　或指望更多

更好　卻不瞭解如何接近

你已然是始終不變的模樣

# 如今
## *Now*

無限思慕的熱情是山門

心想虛弱疲憊的香客

跋涉綿綿無盡道路通過

此門就到達了終點


他卻不再相信慈悲為懷

一生中耗掉的時時刻刻

有多少次的傷害都是冤枉

像波浪永不休止在拍岸

# 在你途中
## *On your way*

你離開時　帶走整個世界

回來時　重新發現一切變了

像你　好像回心轉意　實際上

內心還是一樣　永遠不變


彩色萬千使你感覺快慰

如果在你途中經此走向自己

你看不見　整個世界隱藏

退回到宿命的本質內


啊　你心境的自然　為你

展示多少風景！

有時是你希望能逃避的

迂迴曲折思考的迷宮

# 你睨視
## *You squint*

另一個天空上升到雲層上方

其他雲彩飄過另一個奧林匹斯山

你睨視另一段遠景

要在新的時間裡去旅遊的地方

# 何處
## *Where*

夢在何處？世界問自己

路在何處？進化在問

波浪在何處？海在回答

何處？回聲加強問話

# 同樣風景
## *Same landscape*

同樣風景把反光

投射到紫色的海洋

在同樣天空　新星化身

以祂祕密的光線餵養


在同樣天空　眾星閃爍

透過祕密的熱情奉侍祂

同樣風景把反光

再生到紫色的海洋

# 留給我希望
# *Leave me the hope*

*給我们深深敬愛的 Miguel Hernandez*

*他和我们的村莊 Oribuela 像閃電消失了*


死神以愛心　帶著您

到遠遠的孤獨海岸

您會再找到盛開的杏樹


這位失聯的朋友　以往

和您親密　您會告訴他在您

痛苦獨處時發生的種種事故


在杏花競放的田園上

當您像閃電般離去

隨著您的命運　朝向自由

一同坐在芬芳的無花果樹下

黎明時　您應會告訴他

生命把您帶到何處去


如果您不得不回來

還是鬥士　詩人　愛好自然

您已然重生　不在乎大痛


生命多熱烈　愛情也是

您當會緊抱著兒子　用力

使他們喘不過氣

還有您短暫分手的愛妻

您會尋找隱匿的長生不老藥

發現那真是自己的好友


對您自身的宿命有信心

有一天您會像閃光回來

掌管自己活力充沛的自然

沒有詩就不能活下去

# 因此你發現
## *So that you find out*

我讓你去旅行

發現有關想像不到的

色彩　香味　生活方式

所反映的多采多姿

我引導你不確定的步伐

使你可以注視鏡內

匆匆一瞥

你不為人知的面孔

即使只是一瞬


我注意你飛行

一洲又一洲

一時又一時

你更能親眼目睹

未見過的面孔

摩天大樓奇觀

被遺忘的孤寺

人跡罕至的山嶺

恐怖的岩洞深淵


我鼓勵你選擇自認為

半島上的幸運海岸

讓你更珍惜生命

看到遠洋的千萬手臂

扛著眾生之海

活在突然離去的靈魂

以及未亡者的心中

獨守活生生的回憶

眼淚以及挑戰意味


*2004年12月在馬來西亞*

# 朝向其他世界
## *Toward other worlds*

明亮的臉上似乎

曾經反光不減的生命

只剩降下半旗

生命的光輝留給其他世界

*2004年12月在馬來西亞*

# 綿綿無盡
## *Endless*

首先經過的

是夏天

你深愛的季節

有光線　強烈色彩

而且陽光明媚

在那安靜的日子後

不必再度會面

雖然雙方

愛慕使我們憔悴

而金色秋天來臨了

飄揚柑橘　蘋果

水梨　葡萄的芳香

飽滿大地甜味

天賜熱氣

受惠於剛過的夏季

然後　秋天

遠行旅遊

歸來了

你欣賞風景的季節

稍稍帶著悲傷

仍然富有森林的

腐植微妙氣息

秋天也緩緩消失了

我們不再散步於

收穫期那種太陽

溫熱過的小巷

我們不再回憶

海上不息的藍綠

像我們最後旅行那樣

在那難忘的夏季

（如今似已遠去）

我們還不明白

這一輩子擁有的

不會再來


不知不覺當中

冬天就這樣來到

寒冷卻晴朗

彷彿在歡迎你

像似希望的

粗綠的新生季節

就讓位給看來

正要開始的夏天

冬天永遠不會結束

像破開的傷口

在綿綿無盡的治療

過程中堅持著

# 你
## *You*

你　夜中之夜

於存在之前

生命突然

迸出

因為始終就在

那裡

生命隨時間

而來

經歷過

不斷生死的

所有生命


你　未道的真理

因為純靠語言

你躲不過

我們疑惑的眼光

你為我們而活

在我們內心　永遠

不變


你　火海

沒燃燒

以其熾光

只能治療所有強權

你的淨身波浪

把在喃喃中

感受生命衝力

潮起潮落　動與靜

充實與空虛的人

轉化成相似

然而

其中無一

不能測量

難以描述的外形


我的詩融解了

透過你周圍的黑暗

透過濃霧

阻擾

僅僅一瞥

你發光的臉

# 白日夢
## *Daydream*

星星以海洋為鏡

海洋映照著星星

在靜靜的擁抱中

沉默也在懷抱裡


星星反映在海洋

海洋溢滿到星星

妳被魔法所俘擄

驚訝到目瞪口呆


星星沉溺於海洋

海洋以星星為鏡

我遊蕩的思緒裡

隨時攜帶這情境

# 我觀看
## *I look*

我觀看繁星滿天

內心深感謙卑

好像有千個世界展現

卻已是過往雲煙


明日將逝的其他世界

今天雖在卻隱而不見

直到不再有蹤跡

我總有一天還可看得到


無言的沉默透露出

存在的深層意義

在超越表象的時刻

正在測試實體

# 旁觀者
## *A spectator*

表演已經開始

幕啟

沉默旁觀者

坐在幽暗大廳裡


表演繼續

演員表現出色

激動旁觀者

感同身受


表演已經結束

幕落

沉默旁觀者

坐在明亮大廳裡

如果沒有
沉默旁觀者觀賞
哪會有角色活躍的
演員

如果沒有
沉默旁觀者喝采
哪會有創作劇本的
作者

# 我知道
## *I know*

我所見變成一場夢

萬物永遠在飄浮

那時刻似乎對我是深淵

吞噬太初創造的空間


我夢見做夢　陷入人類夢中

在你清醒的夢裡做夢

你夢到不朽的瞬間

昨日和明日融合成今天


那種夢有時美不勝收

有時卻是又醜陋又恐怖

但每當我在清晨醒來

我知道並沒有真正活在夢中

# 我等待
## *I wait*

我等待休眠幾世紀
自忖邏輯的問題
突然　未經思索
在我心中具型


我是誰？我驀然自問
經過長久等待
佇看如何從思想海中
僅僅提升一種思想


我是誰　不知不覺
逐一跨越生命的人？
還是從遠方時間
帶來生命證言的人？

我是誰　是等待的人嗎？

我是誰　是知覺的人嗎？

有道路以完美的和諧

轉彎朝向他嗎？

# 現實性
## *Reality*

我穿著不朽的衣服

保持不動的姿勢

我以純粹期待

深深思考自然的祕密


有些遊蕩的思想來時

只能在邊境等待

然後在全然靜默中

剎那不會白白消失


倏而我周遭的一切

重回初始的子宮

我再也不看世界一眼

連其負荷一了百了

過去　現在　未來

融成不存在的一體

我既存在也不存在

膽顫超越心神的虛弱

# 在你腳步下
## *Under your steps*

當你踩到

在你腳步下

顫抖的

岩石

本身堅忍著

痛苦

還要準備

來臨的生活

你有沒有

自問

她是否幸福

你會不會

暫時

在心裡

靜下來

懷著謙卑

感謝她？

# 臉
## *A face*

你看到自己過去的臉
好像當時的人
在尚未誕生的未來
看到來世的一張臉


而他從逝去已久的紀元
發現其中保存的希望
在永遠不會說出的思考
所竊取的時刻裡陶醉


以只是隱約的知覺
在尚未創造的世界裡
從幽暗的遠方一直
看到還未衡量的今天

在其他時代的臉上

當他完成夢想時

偶而似乎會漸漸

提醒他另一張臉


自從其他時代

很久以前呼喚過他

在暫停的瞬間

是那位被遺忘的人


看到他過去的臉

正如昨天的人

在尚未誕生的未來

看到來世的那一張臉

# 啊，我多麼願望
## *Oh, how I wish*

往事不再來

今事不再留

明天

等你回想時


徒增昔日感受

生活的傷情

當你邁向永生

可別錯過時間


啊　我多麼願望

你順遂無淚

滿佈水蓮的湖泊

天明時會有

意外人來採蓮

靠此維生的生命

在清醒時刻

萬事對其宣稱


絕望的無言禱告

聽到在此世低泣

重拾失落已久的希望

給以命名


你就可以因彼而知

正如彼因你而知

凡出生過的必再生

凡會死的都將復活

# 另一刹那
## *Another instant*

你面臨即將到來的刹那
茫然於如何完美應付？
繆斯何在　耳邊細語
悄悄提醒我古代的故事

使我拾起遺忘的教訓
閱讀傳遍世界的思想
不知傳自何代　等到你可以
超越的世界　得以實現奇蹟

辯識不斷引誘你的呼喚
使你在失魂刹那飄然引退
吸收智慧明瞭如何助你
在未曾踏過的路上奔波

實現你的夢想　凡期待過的
當能瞭解自己　戴著曾經
付託給你的王冠　等待你
在無窮的剎那謙卑戴上

永生會誘你　願與其同在
雖然你怕會逐漸失足
掉落幽幻的世界裡
沒有童話中迷人的王子神力

能夠逐退你想像的惡魔
逃脫出虛假的牢獄
凝聚全副勇氣帶給你
完全勝利　擊敗妨礙你

進入永生國度的任何幻象

青春在此引導你的步伐

生命版圖　隱藏的希望

或是永遠難解的永恆本身


猶豫間剎那已過去　別失望

另一剎那來到　一再重覆不斷

你能應付的了那一剎那

告訴你人人心中包容的真理嗎？

# 朝聖者
## *Pilgrim*


## I


我只是你展翅的思想之一

賦予我旅遊過世世代代

活在遠遠的世界死去

繼續我流浪的愉快飛行


受到飄浮夢寐的引誘

相信沙漠虛幻的海市蜃樓

不記得你給我的使命

老是選擇錯誤而又固執

忘記我神聖的根源　愈來

愈不懂傾聽內心的訊息

在夢魘裡活到末日
怨恨與死亡都是我的畫押


發動無用的戰爭對付他人
搜刮龐大財富需索無度
把自私列為主要格言
在眾人中優先考慮懦夫


我歌頌的信仰沒有份量
卻天天教訓　連自己也不信
好容易說謊和扭曲意義
想要宰制整個人類

又不明白生命是無瑕禮物

無益地揮灑遺傳的才華

不懂得憐憫　一味無情打擊

落難者　善良無防衛者


不斷重複起初的錯誤

在欺騙的道上跨出第一步

逃避行動和言語上的正義

無知地立下誇大的誓辭


無法衡量我的愚蠢　恐懼

不懂得羞恥　軟弱　叛逆

始終讚美我的小動作

在偽善自我的權力中崩落

## II

我的思想真的長了翅膀
被你放逐到妄想的世界
在各地方茫茫然流浪
但願你有一天勝利歸來

但願你擺脫妄想的世界
不會偏離你選擇的道路
逐步再發現我賦予你的使命
破解鑲嵌在你心中的密碼

但願你記得清清楚楚
在孤獨旅遊中是誰陪伴你

為愛情開路　常在心裡
護衛從死亡復甦的生命

但願你在萬事中看到創造者
明白不是富豪才擁有財富
宇宙本身是依賴愛情而活
能夠寬宥敵人是你天性使然

你的信仰會愈來愈成長
一旦你服從唯一的審判
尋求真理　存在或不存在？
你會繼續自己做主而存在！

從此你當知道生命沒有結束
而你相信已失落的全部遺產
為你等待命定主人的系出多門
只要你內心中樞不受到限制

你會搜尋源起　在你可想像的
最後一搏中再也找不到
對你出生的家鄉　穿粗布衫
洗乾淨　免於宣誓賭咒

在那惡魔到達不了的地方
只反映萬事歸一的諧和
言行　思想都在你心中盤算
靜靜宣告你完整的自由

# 能夠看到
## *Being able to see*

你真想能夠看到美

在周圍的世界裡

而痲瘋病人忍受的

苦難不使你害怕嗎？


或者可憐的小丑

在地獄裡生活

沒有脫離苦海的希望

只靠夢魘養精神


你想要透視墓碑

看新生命如何突繭而出

可是你不拋棄舊思惟

如何從此刻釋放自己

免於瑟瑟冷顫發抖

當時機似乎就要破裂

你短暫生涯珍惜的一切

面臨莫名的終止期限？

# 沉默的光
## *Silent light*

從命運光線的紗
一條細絲向你垂下
沉默的光含有
失落的生命寶藏

離開精神的陷阱
靈魂深透入生命中
有多少絢美噓出
聲音遮住顏面

在籠罩時間的遠方
當思想生根
你不動地跨越
無聲語詞的迷宮

# 你不知道
## *You didn't know*

生命在

你這一邊

而你

卻不知道

受到

臉上發亮

的迷惑

以致

敵人

在你眼前

擺開陣勢

眼睛

還不睜開

# 像翅膀
## *Like the wings*

黃昏逾時降臨時

其他地方已出現晨曦

像翅膀　成對翱翔

也可以分飛

# 同樣答案
## *The same answer*

有時間給想東想西

有時間給新的審判

有時間給熱心禱告

有時間給回歸自我


有時間給遺忘的夢

有時間給未知事務

有時間給你的自由

有時間給尚未開始


有時間給舊時操煩

有時間給混沌思想

有時間給其他問題

有時間給同樣答案

# 當夢想家清醒時
## *When the dreamer is awake*

溯源的想法未知

太初之道未知

當夢想家清醒時的夢未知

未知是隱藏未知的瞬間

# 好像在第一天
## *Like in the first day*

當前是隱藏在另一昨天的體內

春天隱藏在一千個春天裡

問題隱藏在你思考的一切當中

答案好像隱藏在第一天裡

# 奇蹟被遺忘了
## *The miracle is forgotten*

自成世界的童話

建造在你的頭腦裡

你活著整個夢魘

或許就是唯一的夢


你不懷疑奇蹟

你整個生命

是打火機的火花

被遺留在樂園裡


世界初啟的童話

從你腦中釋放

被遺忘的是髑髏地

活在一個夢裡

這就是奇蹟

你救回整個生命

是被逐出樂園的

吝嗇傻瓜所遺棄

# 你會找我
## *You will look for me*

你會找我

在你

離開我的地方

我在等你

你後來拚命

到處

找我

你想像

我會在

哪裡

或許你

不想見我

甚至

在你傷心時

我可以拭你淚

# 幻影
## *Illusions*

在這無望的

世界

希望本身

似乎瘋狂

而且

其勇氣

無可比擬

啊　到底

要有多

瘋

# 新的日子
## *A new day*

夜裡最後一刻

新的日子誕生

夢會帶給你欲望

去認識祢

# 要說的
## *To be spoken*

似乎

是一場夢

尚未成型為

字句的

思想

在詩中

串連

從來沒有

說出口

永遠

在喚醒

世界的

鄉愁

因此

要說的

時候

尚未到來

# 透過莫名的幻影
## *Through unknown illusions*

透過莫名的幻影

你想知道徬徨的心神

只有無法理解的暗喻

護送你從一世紀到又一世紀

# 你的答案
## *Your answer*

我老是在想

給你寫

些信


我已經

明白

你永遠的

答案嗎？


你身邊

總有上千答案！


但你在尋找的

唯一答案

是在那

思想達不到的

地方

# 存在
## *To be*

萬事要產生

萬事要合理

萬事要轉化

萬事要喪失才能存在

# 想法
## *A thought*

剛從定型思考

中邪的國度

回來的

飄泊想法

在奔騰

「迷失了嗎?」

被你的心神吸引

愈來愈近

卻一直在「等待」


我不知道

是否可以想你

你這樣問

表示沒有連線到

我的世界裡？

# 一首詩
## *A single poem*

全世界所有的詩

只是一首詩

是人在冥想

人間條件

革命　詐騙

妄想和覺醒

真實或想像受難

似乎同等強烈

試圖脫離無力的死巷

遲疑　等待　傷心

緊張激動　以迄忘形

掌握本質的敏感區

希望在我們心中

有普世的教化

一首歌　像一條河

生命之水　賦予生命之水

把接受的愛回贈

我們可以把愛給予

在心中藏得住的人們

# 心聲
## *Heart's voice*

你有永恆在手
但瞬間就夠了


從過去　現在　未來你可以學習
但對識者　只有現在而已


至尊產生雙重性
所以才有多重性
但祂無法證明其存在
而是其存在之存在


如果你的自由
是你自我約束的一種
則你真的自由

不可計數的開始和終結

要瞭解永恆或存在

那可是無始無終


對於被栓住的人事事都重要

什麼事都影響不到真正自由的人


傾聽你的心聲

永遠不會對你說謊

永遠不會放棄你

那是你最好

最親近的朋友

我們怕的是

相信死亡的意義

可是我們真正知道

我們一天死過多少次嗎？

甚至在一瞬間裡？


只得到不能失落的

也總是值得

但那是你所擁有

自從太初之始


你明白世界有瑕疵

值得高興　那不過是你的瑕疵！

你活在幸或不幸的妄想中

只因你不知道你是誰


生命是在瞬間衡量

但瞬間到底能衡量多少生命？


生命是什麼？你自身的存在


如果我們是一體

空間在哪裡？

如果我們始終相同

時間在哪裡？

每當遇到困難你可得救

拾回自以為失落的希望

祂始終在你身邊　祂知道最清楚

必須做什麼　何時做和為什麼要做

你聽到嗎？你看到嗎？

祂在對你說話嗎？你認識祂嗎？


無所失

正如無所得

因萬事自始就賦予你

只是你不承認這項真實

你想得到你信以為所缺之物

我們有何區別？

多樣或無知的妄想

我們有何相似？

對完美的抱負而已


我們身分是什麼？

只是存在

# 曙光破曉時
## *At the breaking of the dawn*

曙光破曉時

你卻找也找不到

其他時間裡　被遺忘的愛

留在你神魂中　像許多珠寶

豐富你純粹的感情

殘酷的命運循著

星星不變的軌跡

既屈服又不屈服的永生

語言文學類　PG0669　名流詩叢17

# 生命的禮讚 Hymn to the Life

作　　者／波佩斯古（Elena Liliana Popescu）
譯　　者／李魁賢（Lee Kuei-shien）
責任編輯／黃姣潔
圖文排版／楊尚蓁
封面設計／陳佩蓉

發 行 人／宋政坤
法律顧問／毛國樑　律師
印製出版／秀威資訊科技股份有限公司
　　　　　114台北市內湖區瑞光路76巷65號1樓
　　　　　電話：+886-2-2796-3638　傳真：+886-2-2796-1377
　　　　　http://www.showwe.com.tw
劃撥帳號／19563868　戶名：秀威資訊科技股份有限公司
　　　　　讀者服務信箱：service@showwe.com.tw
展售門市／國家書店（松江門市）
　　　　　104台北市中山區松江路209號1樓
　　　　　電話：+886-2-2518-0207　傳真：+886-2-2518-0778
網路訂購／秀威網路書店：http://www.bodbooks.com.tw
　　　　　國家網路書店：http://www.govbooks.com.tw
圖書經銷／紅螞蟻圖書有限公司
　　　　　114台北市內湖區舊宗路二段121巷28、32號4樓
　　　　　電話：+886-2-2795-3656　傳真：+886-2-2795-4100

2011年11月BOD一版
定價：180元
版權所有　翻印必究
本書如有缺頁、破損或裝訂錯誤，請寄回更換

國家圖書館出版品預行編目

生命的禮讚 / 波佩斯古(Elena Liliana Popescu)著；李魁
賢譯. -- 一版. -- 臺北市：秀威資訊科技, 2011. 11
    面；　公分. -- （語言文學類；PG0669）（名流詩叢；
17）
BOD版
ISBN 978-986-221-870-9（平裝）


883.151                                          100021647

# 讀者回函卡

感謝您購買本書，為提升服務品質，請填妥以下資料，將讀者回函卡直接寄回或傳真本公司，收到您的寶貴意見後，我們會收藏記錄及檢討，謝謝！如您需要了解本公司最新出版書目、購書優惠或企劃活動，歡迎您上網查詢或下載相關資料：http:// www.showwe.com.tw

您購買的書名：＿＿＿＿＿＿＿＿＿＿＿＿＿＿＿＿＿＿＿＿＿＿

出生日期：＿＿＿＿＿年＿＿＿＿＿月＿＿＿＿＿日

學歷：□高中 (含) 以下　　□大專　　□研究所 (含) 以上

職業：□製造業　□金融業　□資訊業　□軍警　□傳播業　□自由業
　　　□服務業　□公務員　□教職　　□學生　□家管　□其它＿＿＿

購書地點：□網路書店　□實體書店　□書展　□郵購　□贈閱　□其他

您從何得知本書的消息？

　□網路書店　□實體書店　□網路搜尋　□電子報　□書訊　□雜誌

　□傳播媒體　□親友推薦　□網站推薦　□部落格　□其他＿＿＿＿＿

您對本書的評價：(請填代號　1.非常滿意　2.滿意　3.尚可　4.再改進)

　封面設計＿＿＿　版面編排＿＿＿　內容＿＿＿　文／譯筆＿＿＿　價格＿＿＿

讀完書後您覺得：

　□很有收穫　□有收穫　□收穫不多　□沒收穫

對我們的建議：＿＿＿＿＿＿＿＿＿＿＿＿＿＿＿＿＿＿＿＿＿

＿＿＿＿＿＿＿＿＿＿＿＿＿＿＿＿＿＿＿＿＿＿＿＿＿＿＿＿＿＿

＿＿＿＿＿＿＿＿＿＿＿＿＿＿＿＿＿＿＿＿＿＿＿＿＿＿＿＿＿＿

＿＿＿＿＿＿＿＿＿＿＿＿＿＿＿＿＿＿＿＿＿＿＿＿＿＿＿＿＿＿

11466
台北市內湖區瑞光路 76 巷 65 號 1 樓

**秀威資訊科技股份有限公司**　　　收

BOD 數位出版事業部

.......................................................................................

（請沿線對折寄回，謝謝！）

姓　　名：＿＿＿＿＿＿＿　年齡：＿＿＿　性別：□女　□男

郵遞區號：□□□□□

地　　址：＿＿＿＿＿＿＿＿＿＿＿＿＿＿＿＿

聯絡電話：(日) ＿＿＿＿＿＿＿　(夜) ＿＿＿＿＿＿＿

E-mail：＿＿＿＿＿＿＿＿＿＿＿＿＿＿＿＿